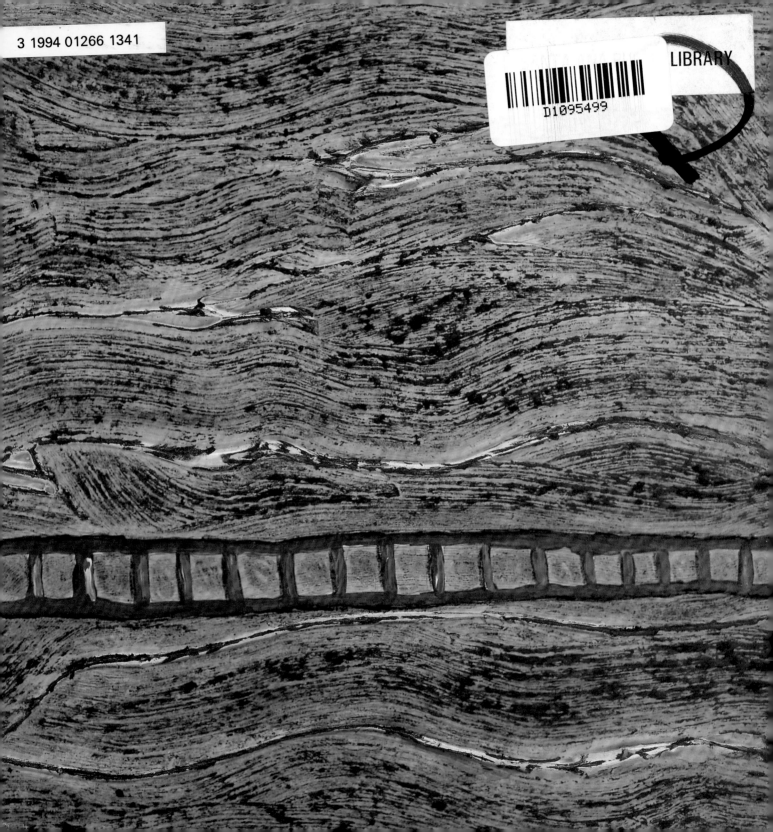

Título original en gallego: ¿Onde perdeu Lúa a risa?

Colección **libros para soñar**

© del texto original: Miriam Sánchez Moreiras, 2001
© de las ilustraciones: Federico Fernández Alonso, 2001
© de la traducción al castellano: Miriam Sánchez Moreiras, 2001
© de esta edición: Kalandraka Editora, 2001
Alemania 70, 36162 Pontevedra
Telefax: (34) 986 860 276
editora@kalandraka.com
www.kalandraka.com

Diseño: equipo gráfico de Kalandraka

Primera edición: septiembre, 2001
ISBN: 84.8464.080.9
DL: PO.269.01

¿Dónde perdió Luna la risa?

Miriam Sánchez

Federico Fernández

kalandraka

¿Dónde perdió Luna la risa?

¿En la barriga de la cabra?

¿Sobre el pico de la pata?

¿Entre los huevos de las gallinas?

¿Bajo el escaño de la cocina?

— Échame una sonrisa

-le pidió su hermano.

Pero la niña no sonreía.

— Mamá, ¿dónde está
la risa de Luna?
— ¡Yo no lo sé!

-respondió ella.

El niño pensó y pensó,
pero no consiguió dar
con la risa de la niña.

Y dijo:

– Luna, yo buscaré tu risa.

Daniel se puso el abrigo
y se fue en busca
de la risa de Luna.

Por el camino se encontró
al gato de los vecinos,
y le preguntó:

— ¿Has visto por alguna parte
la risa de Luna?

— Yo no la vi.
Pregúntale
a la vaca lechera
—maulló el michino.

Daniel se acercó a la orilla del río,
y le preguntó a la vaca:
— ¿Has visto por alguna parte
la risa de Luna?

— No, yo no vi ninguna risa.
Pregúntale a la rana,
que algo de eso sabrá
—mugió la vaca.

— Yo no sé dónde esa risa irá,
quizá el lobo te pueda informar
-croó la rana, metida en la charca.

Daniel subió
hasta la cueva del lobo,

y le preguntó:

— ¿Has visto
por alguna parte
la risa de Luna?

—No, yo no.
Habla
con la lechuza,

que todo lo ve
—aulló el lobo.

Ya era noche cerrada,
y los animales del monte
dormían en sus madrigueras...

Sólo la lechuza
vigilaba los sueños
desde la rama
de un roble.

– Con la ayuda de una pluma,
darás con la risa de Luna
  -ululó la lechuza.

Y entre cosquillas de pluma
apareció la risa de la pequeña.

Primero, una risita;
después, una risotada;
finalmente,
¡una inmensa carcajada!

Mientras,
en lo alto
del cielo,
una luna barriguda se moría de risa
con las cosquillas
que la lechuza
le hacía.

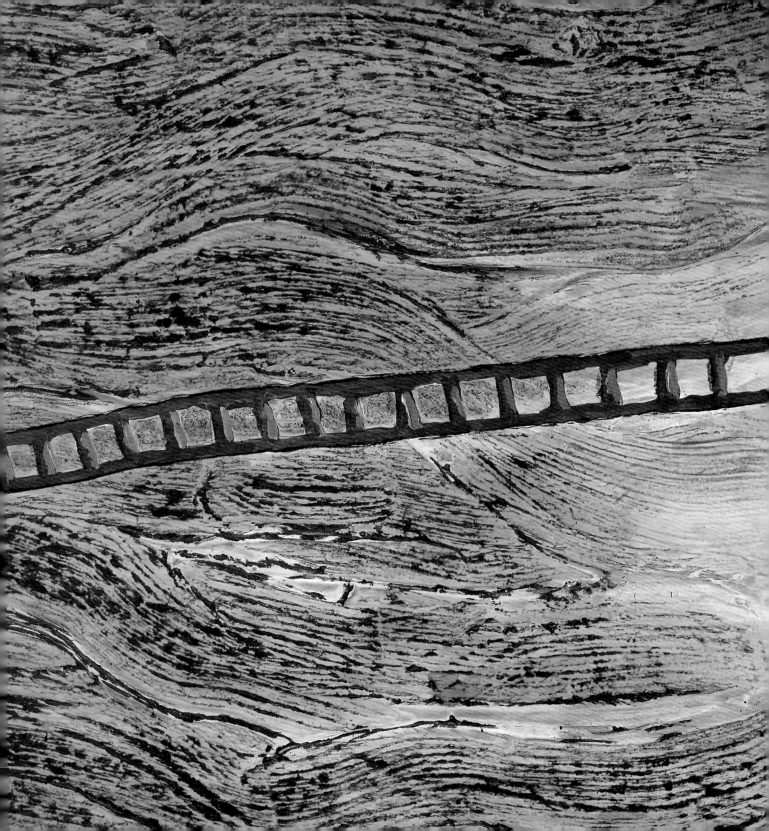